CATALOGUE

DES

Dessins, Aquarelles, Pastels
TABLEAUX
Anciens et Modernes

PAR

Barillot, J. Béraud, Clésinger, Couturier, Courbet, Daliphard
Daumier, E. Deshayes, Fantin, Giraud
Guillaumin, Gérard Dow, Guillemet, Heidbrinck, Harpignies
Helleu, Innocenti, Jongkind
Duvieux, Luigi Loir, A. Marie, Myrbach, Pils, H. Pille, Robida
Rochegrosse, Stop, P. Vogler, etc.

MINIATURES ANCIENNES ET MODERNES

Le tout pour cause de départ de M. J★★★

DONT LA VENTE AUX ENCHÈRES PUBLIQUES AURA LIEU

HOTEL DROUOT — SALLE Nº 10

Les Mardi 26 et Mercredi 27 Décembre 1911
à 2 heures

Mᵉ ENGELMANN	**M. SIMONNOT**
COMMISSAIRE-PRISEUR	PEINTRE-EXPERT
3, Rue des Mathurins, 3	7, Rue de Montreuil, 7
A PARIS	A VINCENNES

EXPOSITION PUBLIQUE
Le Lundi 25 Décembre 1911, de 2 heures à 6 heures

G. Chaufour, Imprim.
6-8, Rue Milton, Paris

CONDITIONS DE LA VENTE

———

Elle sera faite au comptant.

Les acquéreurs payeront *dix pour cent* en sus des enchères.

L'exposition mettant le public à même de se rendre compte de l'état des objets, il ne sera admis aucune réclamation une fois l'adjudication prononcée.

DÉSIGNATION

DESSINS, PASTELS, AQUARELLES

DUVERNY
1 — Vues diverses. Trois aquarelles.

COUTURIER
2 — Marins en manœuvres. Dessin.

ROBIDA
3 — Deux dessins à la plume.

VOGLER (P.)
4 — Marine. Aquarelle et pastel.

MUCHA
5 — Deux dessins à la plume.

ROCHEGROSSE
6 — Récréation. Dessin, plume.

JACQUES (Frédéric)
7 — Palfrenier.

BLATTER (V.)
8 — Bord de la Seine. Deux aquarelles.

SCOTT

9 — Aquarelles.

BÉRAUD (Jean)

10 — Sujet. Aquarelle.

CARLE HAY

11 — Aquarelle.

COMTE CALIX

12 — Leçon de danse.

LÉVIS (Benoit)

13 — Soldats. Dessin.

14 — Des Enfants. Deux dessins à la plume.

HEIDBRINCK

15 — Sujets. Deux aquarelles.

16 — Scène de théâtre. Deux dessins.

17 — Confidences sous la tonnelle. Deux aquarelles.

18 — Femme nue dans les coulisses. Deux pastels.

19 — Au Bois et sur la Berge, Deux aquarelles.

20 — Femme nue. Deux aquarelles.

21 — Au Bal et sur la Terrasse.

22 — Flagrant délit et Scène de rire. Deux dessins.

23 — Le Bain et au Jardin. Deux aquarelles.

24 — La Jarretière et sur le quai. Deux pastels.

25 — Les Snobs Deux femmes. Deux aquarelles.

26 — Sur le Boulevard, Aquarelles.

27 — Bords de la Seine. Chez la modiste. Deux aquarelles.

28 — Le Bain. Deux aquarelles.

29 — Les Bords du canal et au Bois. Deux aquarelles.

30 — Un carton contenant environ trente cinq aquarelles, dessins et pastels.
Sera divisé.

31 — Baigneuses. Aquarelle.

31 *bis* — Dix-huit dessins, pastels et aquarelles.

TOFFANY

32 — Bénédiction papale. Dessin.

CARRIER-BELLEUSE

33 — Dessin crayon.

ABBÉMA (Louise)

34 — Aquarelle.

PILLE (Henri)

35 — Quatre dessins plume. Encadrés.

36 — Trois dessins aquarelles.
Sera divisé.

37 — Carton contenant vingt-neuf dessins plume.
Sera divisé.

DELACROIX (Eug.)

38 — Mouflon. Dessin crayon.

LOUSTAUNAU

39 — Militaire. Dessin.

MALISCHEFF

40 — Portrait de femme. Aquarelle.

AUDY (G.)

41 — Attelage. Aquarelle.

MOUQUET

42 — Marine. Aquarelle.

CATLIN

43 — Portrait d'homme. Dessin.

GUILLAUME

44 — Projet de menu. Dessin.

POINT (R.)

45 — Marine. Pastel.

ROBIDA

46 — Vieux Paris. Dessin plume.

BONVIN (Pierre)

47 — Étude. Dessin.

OUVRIÉ (Justin)

48 — Dessin. Sépia.

HARPIGNIES (Attribué à)

49 — Paysage. Dessin lavis.

DESHAYES (Eug.)

50 — Bords de rivière. Aquarelle.

GIRODET

51 — Dessin lavis.

COGNIART

52 — Paysage. Pastel.

JACQUE (Ch.)

53 — Étude de moutons. Croquis.

SOLDÉ (A.)

54 — Soldat blessé. Aquarelle.

DAUBIGNY (C.)

55 — Vue de village. Dessin.

HELLEU

56 — Étude de femme. Croquis.

ROBIDA

57 — Dessin plume.

57 *bis* — Dessin plume.

GÉO

58 — Dessin lavis.

VINCENT (E.-H.)

59 — Marine. Aquarelle.

WYCK

60 — Paysage. Aquarelle.

LOIR (Luigi)

61 -- Dessin. Encre de Chine.

MYRBACH

62 — Trois dessins plume.

BIDA

63 — Étude. Dessin crayon.

ÉCOLE ANGLAISE

64 — Vue de ville. Aquarelle.

JONGKIND

65 — Croquis plume.

66 — Croquis crayon.

MARIE (Adrien)

67 — Dessin crayon.

BOURGAIN

68 — Guerre de 1870. Dessin plume.

MOREAU

69 — Vaches. Aquarelle.

BARLANGEY

70 — Portrait de femme. Etude. Pastel.

BALLURIAU

71 — Bords de Seine. Dessin plume.

DAUMIER (H.)

72 — Dessin crayon.

STOP

73 — Constantinople. Aquarelle.

ÉCOLE FRANÇAISE

74 — Portraits de femmes. Signés Bézu. Deux dessins.

75 — Portraits d'homme et femme, xviiie siècle. Deux pastels.

76 — Portrait d'homme, xviiie siècle. Pastel.

77 — Scène mythologique. Dessin.

78 — Deux dessins, avec épreuves de Tony Johannot.

79 — Deux pastels, d'après Watteau.

80 — Marine. Dessin, sépia.

81 — Portrait de femme. Dessin rehaussé.

82 — Les Vieux moulins à Meaux. Aquarelle.

83 — Dessin plume.

84 — Portrait d'homme. Dessin croquis.

85 — Aquarelle 1830.

86 — Dessin sanguine, d'après PATER.

87 — Deux aquarelles de MAROLD.

88 — Dessin fusain.

89 — Portrait de femme 1830. Dessin.

90 — Dessin sanguine.

91 — Marché aux pommes. Gouache ovale.

92 — Sous bois. Fusain.

93 — Portrait de femme 1830. Dessin.

94 — Dessin fusain.

95 — Aquarelle. D'après MEISSONIER.

96 — Tête de femme 1830. Pastel.

97 — Dessin sanguine.

98 — La Nourrice. Signé GÉO. Sépia.

99 — Aquarelle 1830.

100 — Vue de village. Aquarelle.

101 — Dessin rehaussé. Attribué à GAVARNI.

102 — Portrait d'homme 1820. Dessin.

103 — Étude de tête. Dessin sanguine.

104 — Allégorie. Dessin. Signé LAFITTE.

105 — Dessin au lavis.

106 — Dessin croquis. Attribué à HESSE.

107 — Dessin aquarellé.

108 — Croquis. Dessin.

109 — Aquarelle. Signée YVON.

110 — Aquarelle 1830.

111 — Dessin.

112 — Les Religieuses. Dessin.

113 — Tête de femme. Dessin.

114 — Femme et Enfants. Dessin.

115 — Dessin croquis, sanguine.

116 — Aquarelle 1830.

117 — Dessin rehaussé.

118 — Portrait d'homme. Dessin.

119 — Dessin aquarellé.

120 — Dessin religieux. Attribué à JOUVENET.

121 — Portrait de Louis XVII. Dessin.

122 — Femme et enfant. Dessin. Signé ROQUEPLAN.

123 — Dessin. Croquis. Attribué à CH. JACQUE.

124 — Paysage. Aquarelle. Signée COURBET.

125 — Paysage. Dessin au lavis.

126 — Deux croquis portant le monogramme E. I.

127 — Vue de ville. Aquarelle.

128 — Deux dessins bibliques.

129 — Vénus. Dessin.

130 — Dessin signé LANÇON.

131 — Paysage. Dessin.

132 — Port de mer. Aquarelle.

133 — Marine. Aquarelle.

134 — Femme nue. Dessin sanguine.

INCONNU

135 — Huit pièces : Gouaches, dessins.

136 — Aquarelle XVIIIe siècle.

137 — Dessin et pastel.

138 — Carton de 109 pièces : Dessins et aquarelles.
Sera divisé.

139 — Dessin signé HANSEM.

140 — Dessin signé NOIROT.

TABLEAUX

LANCRET (D'après)

141 — Le Colin-Maillard.

142 — Le Concert.

143 — La Déclaration.

WATTEAU (Ecole de)

144 — Composition de l'Embarquement pour Cythère avec variantes du tableau du musée du Louvre.

BOURGUIGNON (Attribué)

145 — Scène de bataille.

FANTIN

146 — Sujet mythologique.

PILS

147 — En Vedette.

CLÉSINGER (J.)

148 — Paysage.

BORSA

149 — Paysage.

KOWALSKY

150 — Etude de tête.

DELDUC (E.)

151 — Paysage.

DALIPHARD

152 — Deux paysages.

ECOLE 1830

153 — Paysage.

BARILLOT

154 — Gardeuse de vaches.

ECOLE 1830

155 — Le Danseur.

ECOLE FRANÇAISE

156 — Nécessité n'a pas de lois.

ECOLE 1830

157 — Paysage.

158 — Pêches et raisins.

159 — Vaches à l'abreuvoir.

160 — Le Pêcheur.

161 — Moutons.

HARPIGNIES (Attribué à)

162 — Paysage encadré.

LANTARA (Attribué à)

163 — Paysage. Clair de lune.

GIRAUD (Ch.)

164 — Etude de jeune fille.

DAVIEUX

165 — Vue de Venise.

DALIPHARD

166 — Deux paysages sur toile.

STEILHEL

167 — Intérieur d'atelier.

ECOLE MODERNE

168 — Deux marines.

169 — Deux paysages.

170 — Deux paysages.

171 — Deux paysages,

172 — Quatre paysages.

ECOLE ESPAGNOLE

173 — Etude de vieillard.

HEIDBRINCK

174 — Deux études.

ECOLE FRANÇAISE

175 — Deux études 1830.

176 — Deux toiles : Portraits du Premier Empire.

177 — Trois études : Têtes.

178 — Trois paysages.

179 — Quatre études.

180 — Quatre paysages.

181 — Quatre paysages.

182 — Quatre études.

183 — Quatre toiles par DALIPHARD.

184 — Quatre études : Fleurs et fruits.

185 — Quatre études.

186 — Baigneuses. Panneau.

187 — Paysage. Panneau.

188 — Portraits homme et femme. Deux toiles.

189 — Portrait jeune femme. Toile.

190 — Têtes. Deux études.

191 — Paysages de P. SAIN. Deux études.

192 — Paysages encadrés. Deux études.
        Sera divisé.

193 — Paysages et marines. Vingt-trois études.

Sera divisé.

194 — Sujets et portraits divers. Dix-sept études.
Sera divisé.

195 — Paysages. Dix-sept études.
Sera divisé.

196 — Sujets divers. Vingt études.
Sera divisé.

197 — Magistrats. Etude.

INNOCENTI

198 — Scène de cabaret.

DOW (Attribué à Gérard)

199 — Portrait de vieillard.

PRUD'HON (Ecole de)

200 — Deux têtes de femme.

GUILLEMET

201 — Paysage. Etude.

ELIOT

202 — Paysage. Etude.

ECOLE HOLLANDAISE

203 — Marine. Panneau.

ECOLE FRANÇAISE XVIII· SIECLE

204 — Portrait de jeune femme.

205 — Portrait d'un sculpteur.

206 — Portrait de jeune femme.

207 — Portrait d'homme.

208 — Deux portraits d'homme.

209 — Sujet.

210 — L'Indiscret.

211 — Portrait d'homme.

212 — Etude de femme d'après DAVID.

213 — Nature morte.

JACQUE (Attribué à Ch.)

214 — Intérieur de forge.

GUILLAUMIN

215 — Effet de neige.

ECOLE HOLLANDAISE

216 — Scène villageoise.

217 — Trompe l'œil.

218 — Neuf pièces diverses.
Sera divisé.

219 — Carton contenant cent quarante études 1830.
Sera divisé.

220 — Trois toiles anciennes.

221 — Trente-cinq études diverses.
Sera divisé.

222 — Vingt-quatre études.
Sera divisé.

223 — Trois études diverses.

COURBET (G.)

224 — Paysage. Chute d'eau en Suisse.

MINIATURES — DESSINS

225 — Dix pièces. Dessins.

    Sera divisé,

226 — Dix pièces. Dessins et aquarelles.

    Sera divisé.

227 — Dix pièces. Gouaches, Aquarelles.

    Sera divisé.

228 — Dix pièces. Dessins, Aquarelles.

    Sera divisé.

229 — Dix pièces. Gouaches, Aquarelles.

    Sera divisé.

230 — Onzes pièces. Miniatures.

    Sera divisé.

231 — Dix pièces. Peintures.

    Sera divisé.

232 — Dix pièces. Peintures.

    Sera divisé.

233 — Quatorze pièces. Peintures.

234 — Portrait d'homme. Signée INGRES.

235 — Portrait : Femme et enfant.

236 — Portrait de femme jouant de la guitare.

237 — Portrait d'homme. Signé DUMONT.

238 — Portrait de Marceau.

239 — Portrait de femme. Signé DELAUNAY.

240 — Portrait de femme.

241 — Portrait de jeune homme.

242 — Portrait de jeune femme.

243 — Cinq pièces qui seront divisées.

www.ingramcontent.com/pod-product-compliance
Lightning Source LLC
LaVergne TN
LVHW011455170726
843501LV00009B/3435